KB128149

어두운
숲속의
루루

어두운
숲속의
루루

초판 1쇄 발행 2024. 2. 15.

지은이 강민지
펴낸이 김병호
펴낸곳 주식회사 바른북스

편집진행 김재영
디자인 김민지

등록 2019년 4월 3일 제2019-000040호
주소 서울시 성동구 연무장5길 9-16, 301호 (성수동2가, 블루스톤타워)
대표전화 070-7857-9719 | **경영지원** 02-3409-9719 | **팩스** 070-7610-9820

•바른북스는 여러분의 다양한 아이디어와 원고 투고를 설레는 마음으로 기다리고 있습니다.

이메일 barunbooks21@naver.com | **원고투고** barunbooks21@naver.com
홈페이지 www.barunbooks.com | **공식 블로그** blog.naver.com/barunbooks7
공식 포스트 post.naver.com/barunbooks7 | **페이스북** facebook.com/barunbooks7

강민지
지음

어두운
숲속의
루루

바른북스

목차

동화

아주 먼 옛날, 한 어머니에게는 모든 것을 주고 싶을 만큼 사랑하는 아이가 있었습니다.

그 여인은 자신의 아이가 뛰어노는 것만 봐도 행복했습니다.

어느 날 그 아이는 고열로 앓기 시작했고 병원에 가도 소용없었습니다.

초조해진 아이의 엄마는 병을 낫게 하기 위해 할 수 있는 방법은 뭐든 찾았습니다. 그러나 아이는 병에서 낫지 않고 결국 얼마 후 죽어버렸습니다.

엄마는 슬퍼했습니다.

"신이시여 어째서 저에게 이런 시련을 주시는 건가요."

그때 좌절한 엄마 앞에 천국에서 떨어진 타락한 천사가 나타나 금지된 책을 주고 갔습니다.

여자는 그 책이 금서인 걸 알면서도 그 책을 사용해서라도 아이를 살려내고 싶었습니다. 그녀는 책에 쓰인 대로 희생을 통해 위대한 힘을 얻었으나, 그 아이를 되살리는 일에는 실패하였습니다. 그렇게 위대한 힘을 얻은 그녀는 높은 마법의 성을 세우고 그곳에서 살았습니다.

한편 그 성의 꼭대기에는 모두의 눈길을 사로잡는 영롱한 보석이 반짝반짝 빛나고 있었습니다.

그것은 자신이 원하는 힘을 가질 수 있게 해주는 신비한 보석이었습니다.

그러던 어느 날 한 까마귀는 성 주변을 감시하는 눈을 피해 가장 높은 꼭대기까지 날아갔습니다. 그리고 거기에 있는 보석을 물어 날아갔습니다.

멀리, 아주 멀리.

.

.

.

"땡- 땡-"

종이 울리고 마지는 책을 덮었다.

"잘 가."

"아 같이 가!"

어느덧 종례시간이 오고 친구들은 하나둘 가방을 싸고 기숙사로 돌아가고 있었다.

"야! 라미 이번에 오디션 붙었대!"

"헐 정말? 대박."

"라미 예쁘잖아."

라미는 학교에서 얼굴도 예쁘고 모범생에 공부까지 잘하는 그야말로 엄친딸이다. 성격까지 친절하고 좋아 인기도 많다.

"아냐. 운이 좋았나 봐."

쑥스러운 듯 웃는 라미 옆에서 조용히 가방이나 싸고 있는 마지는 평범하고 딱히 별 볼 일 없는 소녀이다. 라미 때문에 근처에 모여있던 친구들은 마지의 책상에 놓인 책을 보았다.

"야 마지야, 이게 뭐야. 이 나이까지 동화책을 읽으면 어떡해!" 친구들은 깔깔 웃었다.

"이거 생각보다 재밌거든? 아무튼 나 먼저 간다."

마지는 떠드는 아이들을 뒤로하고 먼저 교실 밖을 나섰다.

마지도 라미처럼 좋은 성적을 얻고 싶지만 그게 마음대로 되는 건 아니다.

옆에서 잘나가는 라미를 보면 부럽기도 하고 신기하기도 하다.

'걔는 자기가 원하는 삶을 사는 것 같아 부러워. 나는 잘 안되던데.'

마지는 공원을 가로질러 가고 있는데 시끄럽게 '까악' 하는 소리가 들려 나무 위를 보았다. 그곳에는 한 까마귀가 앉아 반짝반짝 빛나는 무언가를 입에 물고 있었다.

"저건? 내가 아까 책에서 본 보석이랑 똑같아."

"이거 가질래?"

마지는 주위를 둘러보았지만 아무도 없었다. 그건 분명 까마귀가 말하는 듯했다.

마지는 까마귀를 쳐다보며 고개를 끄덕거렸다.

까마귀는 휙 날아 어딘가로 향했고 마지는 그 까마귀를 따라 이동했다.

까마귀는 순식간에 덩그러니 혼자 있는 어떤 건물의
지하 아래로 날아갔다.

　'이런 게 있었나?'

　마지도 그 까마귀를 따라 아주 긴 계단을 내려갔다. 그
곳 안에는 돌로 만든 제단이 있었고 그 뒤의 벽에는 알
수 없는 문양이 새겨져 있었다. 그리고 그 벽의 가운데에
는 커다란 원형의 돌이 있었다. 까마귀는 제단에서 말했
다. "그렇다면 빛나는 꽃을 가져오렴." "빛나는 꽃?" "응.
그러나 그 주위엔 마녀가 있으니 조심해서 가져오라고."
잠시 뒤 '쿵' 하는 소리가 들리고 제단 뒤에 있던 커다란
돌이 옆으로 열리면서 주변이 흔들리고 있었다. 마지는
그 열린 곳으로 넘어갔다.

숲
속

마지가 문을 넘어 들어간 곳은 깊은 숲속 같았다. 높은 나무가 빽빽하게 둘러싸여 있어 낮인데도 어두컴컴하고 으스스한 느낌이 들었다.

"곧 유령이라도 나올 것 같네." 그러다가 누군가 마지의 어깨를 두드렸다. 마지는 깜짝 놀라 소리쳤고 뒤의 아이들도 그 소리에 깜짝 놀랐다.

"으악! 깜짝이야."

"오, 미안해."

거기에는 한 여자아이와 남자아이가 있었다.

"안녕 난 지아라고 해, 얘는 규태야.

혹시, 너도 여기 빛나는 꽃을 찾으러 온 거야?" 궁금한 게 많아 보이는 듯한 여자아이 지아가 물었다.

"어, 그럼 너희도?" 마지는 무서웠던 참에 사람을 만나게 되어 반가운 마음이 들었다.

"응. 우리는 이 근처 마을에서 왔어."

"휴, 그런데 이렇게 넓은 숲에서 어떻게 그걸 찾지?"

"꽃 근처에서 노랫소리가 들리는데 그 소리를 따라가면 된다고 했어."

그들은 숲을 걸으며 이것저것을 이야기했다.

"그 꽃은 불치병을 치료할 수 있는 힘이 있대. 규태네 엄마랑 남동생이 아프거든."

"아…. 그럼 너는?"

"난 규태가 수상한 곳으로 가길래 몰래 따라가다가 들켜서 그만…. 아 그렇지! 최근에 마을에 새로운 전염병이 돌았는데…."

그들은 이야기를 하며 걷고 있었는데 어디선가 노랫소리가 들렸다.

"잠깐만, 무슨 소리 안 들려?" 규태가 말했다.

그들은 조용히 하고 귀를 기울였다.

이리로 오렴
저녁까지 밝게 빛나는 이곳은
꿈의 정원
어둠 속에 나타나는 나쁜 괴물은
모두 사라졌단다

아름다우면서도 으스스한 목소리는 뭔가 소름이 끼치는 것 같았다.

그러나 셋은 이끌리는 듯 그 소리를 따라 걸었다.

걷다 보니 작은 오두막집이 있었는데 그들은 한 마녀가 그 근처를 서성이는 것을 보고 얼른 커다란 나무 뒤로 숨었다.

"저 사람이 마녀인가 봐." 지아는 깜짝 놀랐다.

"…무서워." 마지도 긴장되는 듯 말했다.

"일단 눈에 띄지 않게 조용히 하자고."

셋은 조용히 마녀를 관찰했다. 그 마녀는 집으로 들어갔고 셋은 몰래 그 집으로 향했다. 창문을 빼꼼 넘어다보니 불타는 장작 위 커다란 솥에는 무엇인가가 끓여지고 있었다. 책상에는 여러 약재와 책이 놓여있었고 소리는 그 안에서 나는 것 같았다. 마녀는 솥에 무엇인가를 넣더니 뒷문으로 나가버렸다.

"어떡하지? 이 안에서 소리가 들리는데." 규태는 귀를 기울이며 말했다.

"그럼 그 꽃이 이 안에 있다는 거잖아? 마녀한테 달라고 부탁해 볼까?" 지아는 기대에 찬 눈으로 말했다.

마지는 지아를 보며 생각했다.

'글쎄. 친절하게 주는척하다가 저 끓는 솥에 확 집어넣지 않을까?'

"안 될 거 같은데."

"너무해. 그럼 몰래 들어가 보는 건?"

셋은 고개를 끄덕이고 몰래 집 안으로 들어갔다.

집 안에는 딱히 특별할 건 없었다. 마지가 책상 위에 있던 한 책을 덮자 그 소리는 더 이상 나지 않았다. "여기서 노랫소리가 났나 봐."

그들은 책을 봤다. 책은 알아보기 힘든 그림들과 글씨들이 있었는데 기분 나쁘고 숨 막히는 느낌이 들었다. 지아와 규태는 집을 돌아보고 마지는 몰래 책을 가방에 챙겨 넣었다.

"이것 좀 봐!" 지아가 말했고 셋은 뒷문이 있는 곳의 창문을 보았다.

그곳엔 어두운 숲에서 은은하게 빛나고 있는 꽃밭이 있었다.

"와, 예쁘다."

"저것임에 틀림없어."

셋은 기쁜 마음으로 뒷문으로 나가 그 꽃밭으로 다가갔다.

"흐흐흐흐."

그때 어디선가 소름 끼치는 웃음소리가 들렸다.

뒷문 옆에 서있는 마녀였다.

그들은 큰 키와 검고 아름다운 머리카락을 가진 마녀를 보고 아무 말도 할 수 없었다. 그들은 놀라서 잠시 굳어있었고 마녀는 말했다.

"저 빛나는 꽃을 가지고 싶어서 왔구나."

마녀는 아이들 손에 하나씩 그 꽃을 쥐여주었다.

그 아이들이 손에 들린 꽃이 진짜임을 확인하고 좋아
하기도 전에 마녀와 꽃밭과 오두막은 신기루처럼 사라
졌다.

규태는 손에 들린 꽃을 보고 말했다. "이건 우리가 찾
던 게 맞아."

"내 말이 맞지? 달라고 하면 줄 수도 있잖아!"

"…그러게?"

주위의 것들이 처음부터 없었던 것처럼 순식간에 사라
진 것이 약간 으스스했지만 그들은 원하던 것을 손에 넣
으니 만족했다.

도적

"**어**이, 잠깐 너네들 그거 뭐야."

그들은 빛나는 꽃을 가지고 신나게 돌아가고 있었는데 갑자기 도적들이 나타나 그들이 가진 것을 노렸다.

지아는 그제야 손에 쥐고 있던 꽃을 감추고 아무것도 아닌척했다.

"별건 아니고, 그냥⋯."

"다 봤어. 그거 신비한 꽃 맞지?" 도적은 지아가 숨긴 꽃을 낚아채 가져갔다. "어이 너희도 있지?"

"아뇨."

도적들은 나머지 두 아이들에게도 물건이 있을 거라 확신했다.

도적은 마지의 가방을 낚아채 탈탈 털어냈다. 그 안에 있던 책이나 학용품은 땅으로 떨어지고 빛나는 꽃도 떨어졌다.

'운 좋게 얻은 건데….' 마지는 실망했다.

규태는 꽃을 쥐고 놓아주지 않았다.

"안돼요. 이건 아픈 저희 가족을 위해서 꼭 써야 한다고요."

"에잇 재수 없는 녀석."

도적은 꽃에 매달리는 규태를 발로 떨쳐내 버리고 돌아섰다.

"오늘은 횡재했네."

"껄껄, 그러게 말이야."

도적들은 뒤돌아 갔다.

"괜찮아?" 지아는 규태에게 다가갔다.

"저자들은 뭐야?"

"저들은 마을에 종종 나타나는 도적들이야. 그들은 마을에 침입해 사람들을 함정에 빠트리고 물건을 약탈하지." 땅에 쓰러진 규태가 일어나며 말했다.

"그들은 빠져나갈 구멍을 얼마나 잘 찾는지 쉽게 잡히지도 않아."

마지는 꽃을 되찾고 싶었지만 그러기엔 자신은 영악한 도적의 상대도 되지 않아 할 수 있는 건 없었다.

그때 마지의 눈에 땅에 떨어진 책이 눈에 보였다. 그것은 좀 전에 마지가 마녀의 집에서 가져온 것이었다.

그 책을 사용하면 분명 꽃을 되찾을 수 있을 것 같았다.

그러나 뭔가 무시무시한 기분이 들어 망설여졌다.

곧 마지는 무슨 결심을 한 듯 떨어진 책으로 달려가 책을 펼치고 그 안에 있던 것을 읽기 시작했다. 그 책에서 검은 연기가 뭉게뭉게 피어나더니 앞에 가던 도적들 주위를 에워싸고 그들은 놀라 팔을 휘두르며 도망을 가려고 했다.

"이게 뭐야! 숨을 못 쉬겠어!" 도적들은 검은 연기에 괴로워하고 있었다.

그 순간 하늘이 진노한 듯 바람이 세게 불더니 어두운 하늘에 번개가 나무 위로 떨어졌다. 그 덕에 떨어진 여러 잎

이 달린 나뭇가지는 마지의 머리 위에 '픽' 하고 떨어졌다.

"으악!"

마지는 눈을 감고 아픈 머리를 부여잡았으며 바람은 책을 어디론가 날려버렸다. 주문은 실패하고 검은 연기는 사라져 버렸다. 도적들은 차차 정신을 차리기 시작했다.

"쉿! 따라와." 지아와 마지는 규태를 따라 도적들 눈에 보이지 않는 곳으로 숨었다.

"캑캑, 아 씨 방금 뭐야."

"그 재수 없는 자식들 아니야?"

"이 주변엔 아무도 없는데."

마지는 도적들을 몰래 지켜보면서 불안해졌다.

'들키면 어쩌지? 그나저나 그 책은 어디로 간 거야?'

곧 도적들은 사라졌고 규태와 지아는 안도의 한숨을 내쉬었다.

지아는 주위를 둘러보았는데 마지가 사라지고 없었다.

"마지! 돌아가자!"

마지는 혼자 나무 주위에서 중얼거리며 두리번거리고 있었다.

"책, 그 책 어딨어!" 마지는 무언가에 홀린 듯 집착하며 그것을 찾고 있었다.

"야 너 이상하니까 그만해." 지아는 무서운 듯 마지를 진정시키려 했다.

"그렇게 말하고 네가 그 책을 가져가려는 거 아니야? 저리 비켜!"

고양이

루루

"**쯧**쯧."

나무 위에서 모든 것을 지켜보던 고양이 한 마리가 혀를 차고 있었다.

규태와 지아는 난처한 얼굴로 우두커니 서있다가 곧 그 고양이와 눈이 마주쳤다. 그것의 눈은 마치 한심한 연극이라도 보는 듯 비웃는 것 같았다. 갈색 털이 북슬북슬하고 눈은 에메랄드빛 같았으며 크기는 흔하게 길에서 보이는 고양이보다 더 컸다.

"어리석은 아이들아. 해가 지면 짐승이 나타나서 무사

하지 못할 거야."

"그 말이 맞아. 여긴 위험하니까 돌아가자." 규태가 고개를 끄덕였다.

"하지만 쟤는 어떡해?"

지아는 여전히 풀숲 사이를 뒤지고 있는 마지를 보며 말했다.

"그 주문을 읽다가 실패했으니 대가를 치르게 될 거야. 온몸이 풍선처럼 부풀다가 결국은… 펑!" 고양이 루루의 말에 그 두 명은 놀라서 도망갔다.

마지는 실제로 그 책을 읽은 후 누군가 계속 자신을 감시하고 있다는 생각을 하였다. 그 생각은 계속 마지를 의심하게 만들었고 결국 그 의심이 끊이질 않자 분노를 주체할 수 없었다. 얼굴부터 머리가 타는 듯 고통스러워 폭탄처럼 터져버릴 것 같았다. 그건 마치 지옥에 간 것 같았다.

"어떡하면 좋지?" 마지는 머리를 쥐어짜며 물었다.

"쯧. 아이야, 치료법이 없진 않을 테니 따라올 테면 따라오렴."

고양이는 발을 핥더니 어디론가 이동했다.

마지는 다른 뾰족한 수가 없었다. 그 고양이를 따라 더 깊고 어두컴컴한 숲속으로 들어갈 수밖에. 그곳에는 아주 오래된 커다란 나무를 둘러싼 작은 집이 있었다. "여긴 내 쌍둥이 야고의 집이야. 문을 두드리고 치료법을 알려달라고 부탁해 봐."

루루는 그렇게 말하고는 어디론가 휙 사라져 버렸다.

긴장한 마지는 문 앞에서 한참을 고민하다 노크를 했다.

"끼익-"

문은 스스로 열렸고 마지는 촛불이 켜진 집 안으로 들어갔다.

벽의 선반에는 책들이 있었고 한 선반에 있던 고양이는 꼬리를 흔들며 마지에게 물었다.

"누구?"

마지는 숲속에서 있었던 일을 말하고 야고는 오랫동안 아무 말도 하지 않았다.

'역시 안 되는 걸까?'

"…좋아."

"정말?" 마지는 야고를 바라보았다.

야고는 사라졌다가 더 높은 선반으로 올라가 잠을 자려는 듯 고개를 숙였다.

"저기 잠시만! 치료법을 알려준다고 했잖아."

"그것쯤은 네가 알아서 해. 여기 책들 안 보여? 한 번만 더 내 잠을 깨우면 가만 안 둘 줄 알아."

'일단은 저 고양이의 심기를 건드리지 않는 게 좋겠어.'

책의 제목만 보고서는 어떤 책이 치료법을 알려줄 책인지 짐작할 수 없었다. 그래서 마지는 하나씩 꺼내 읽어보는 수밖에 없었다. 초등학생들도 읽을 수 있을 정도의 이야기책들을 읽는 건 그다지 따분하지만은 않았다.

꽤나 많은 시간이 흘렀다.

마지는 사다리를 타고 올라가 벽장의 한 책을 읽어보았다.

이야기 속에는 3개의 재료가 언급되었는데 마지는 그것을 기록하고 외출한 야고가 오기를 기다렸다.

마지는 지루하게 기다리면서 벽에 비친 창문 그림자가 석양을 따라 변하는 모습을 보았다. 그림자는 바람에 흔들리는 나무에서 어둠으로 서서히 변해갔다. 곧 야고가 돌아왔다.

"야고! 이것 봐봐. 내가 재료를 다 알아냈어!"

"호들갑은. 일단은 그 입 좀 다물렴."

"알겠어."

마지는 어쩐지 야고의 말을 순순히 따라야 할 것 같은 기분이 들었다.

구해야 되는 재료는 3개로 다행히 많지 않았다.

그중에 하나는 야고가 말하길 가까운 작은 마을에 가다 보면 구할 수 있다는 것이었다.

일주일에 한 번 그 마을에는 장이 열리는데 각종 천막엔 일상생활에 필요한 물건과 음식, 잡동사니 등을 판다.

그 장이 서는 날 야고는 마지에게 심부름을 시킨다.

"마지, 내가 말한 것들 좀 사 오렴. 자, 남은 돈은 없을 거야."

"응."

마지는 심부름을 하러 갈 때마다 작은 마을 주위에 있는 나무에서 그 재료를 구할 수 있었다.

집에 돌아와서는 사 온 것들을 정리해 놓았다.

그날은 야고와 함께 장을 보고 돌아오는 날이었다.

공동묘지 근처를 지나가다 어디선가 바닥에서 '쩩'거리는 힘없는 소리가 들려왔다.

"어? 무슨 소리지?"

야고는 이미 펜스를 넘어 묘지 안쪽으로 들어간 상태였다.

"나도 갈래. 잠깐만 기다려!"

마지는 묘지 입구를 찾아 그쪽으로 들어가 야고가 있을 곳으로 갔다.

그건 코너 구석자리였다.

"쉿." 야고는 마지가 더 이상 다가오지 못하게 막았다.

그들이 본 곳에는 나무에서 떨어진 눈도 제대로 못 뜬 새끼 새가 바닥에 떨어져 있었다.

"새끼 새야."

"저 나무 위에 새 둥지가 보여?"

"응. 저기서 떨어졌나 봐."

그 나무 위 둥지에는 여러 새들이 눈을 바짝 뜨고 엄마 새와 아빠 새가 주는 먹이를 서로 받아먹느라 여간 바쁜 모양이었다. 그런데 어떤 한 새가 다른 새들 관 크기나 색이 좀 달랐다.

"저 안에 다른 새끼가 있어. 아마 그 새한테 밀린 것 같아." 야고가 말했다. 그러고 보니 뻐꾸기 같은 새들의 일부는 자신의 알을 다른 둥지에 두고 간다는 걸 들어본 적이 있다. 그것은 부화해서 둥지에 있던 원래 새들을 떨어트리기도 한다.

이미 바닥엔 떨어져 죽은 다른 새끼 새가 한 마리 있었다.

부모들은 그저 그 크고 파란 새에게 바쁘게 먹을 것을 날라주고 있었다.

파란 새에게 밀려 바닥에 떨어진 새끼 새는 가벼워서 살았지만 땅에도 위험은 천지에 있었다. 사실 야고도 고양이라 그 새끼 새에겐 매우 위험한 존재였다.

바닥의 새끼 새는 둥지 안에서 삐약거리는 다른 새들과는 달리 눈도 못 뜨고 털도 거의 없으며 날개도 못 펴서 어차피 곧 죽을 것만 같았다.

"살 가능성은 거의 없어. 울지도 않고, 눈도 제대로 못 뜨고."

야고가 말했다.

마지는 주머니를 뒤져보았다. 그곳엔 먹다 남은 빵 조각이 있었다.

"이거라도 먹을까?"

마지는 새끼 새 근처로 가 작은 빵 조각들을 두었다.

그것은 냄새를 맡았는지 그것을 먹으려 힘없이 다가왔다.

그때 어미 새가 새끼 새를 공격하려는 자세를 취했다. 어미 새는 하늘에서 내려와 빵을 먹으려는 새끼 새를 방해하고 그 빵을 둥지로 가져가 다른 새끼에게 먹이로 주었다. 그건 바닥에 떨어진 새끼 새를 거의 죽음 직전까지 몰았다.

"어떡해!"

마지가 그 새끼 새에게 손을 대려고 하자 야고가 소리쳤다.

"멍청한 녀석! 다가가지 마!"

마지는 그대로 멈춰 서서 뒤로 물러났다.

다시 한번 엄마 새는 새끼 새 옆 빵 조각을 보고 독수리처럼 아래로 날아내렸고, 새끼 새는 움직이지 않으면 위험에 처할 것이다.

그 순간 새끼 새는 눈을 뜨더니 옆으로 몸을 획 뒤집었다.

어미 새는 빵만 집어서 둥지로 가져갔다. 그 땅에 떨어졌던 새는 다시 살아서 삑삑 울기 시작했다.

야고가 그 새를 지켜보고 나서 말했다.

"우리가 잠시 야생으로 돌아갈 때까지 봐주자."

"정말? 그래!"

마지는 떨어진 새를 조심스럽게 들어 야고와 함께 집
으로 돌아갔다.

폭 평야

마지는 여전히 감정이 잘 조절되지 않았다.

화도 쉽게 나고 과도하게 예민해서 별거 아닌 일에 극단적으로 반응했다.

그날은 마지가 아침부터 야고에게 꾸지람을 들었다. 환기를 하기 위해 창문들을 열어놨는데 가끔 열린 창문으로 다람쥐가 들어오기도 한다. 오늘은 한 다람쥐가 식탁 위에 있던 컵을 엎질러 그 옆에 있던 야고의 책을 적셔버렸다. 마지는 얼른 책을 들어 책상을 닦았지만 야고는 어느샌가 와서 그 광경을 보았다. "칠칠치 못하게. 책을 이

꼴로 만들면 어떡해." 야고는 마지를 범인으로 보고 꾸짖었다.

"내가 아니라…."

"아 됐고, 뒤뜰에 가서 식물에 물이나 주도록 해."

"알겠어." 마지는 야고 몰래 삐진 얼굴로 뒤뜰에 갔다.

뒤뜰의 화단에는 여러 식물들이 자라는데 야고는 물을 뿌릴 때 작은 식물부터 뿌리라고 했다.

그래서 지금까지 그래왔고 오늘도 다를 게 없을 거라 생각했다.

마지는 물뿌리개에 물을 담아 작은 식물부터 순서대로 물을 주고 있었다.

그때 야고가 와 마지를 혼냈다.

"마지, 도대체 뭘 하고 있는 거야? 커다란 식물부터 뿌렸어야지!"

"어? 지금까지 작은 식물부터였는데? 너도 어제 봤었잖아."

"하여튼 잔말은…. 쓸데없는 말 그만하고 다시 처음부터 제대로 해."

"아니야, 지금까지 그랬다니까?" 마지가 억울한 듯 말했다.

"좀! 핑계 댈 생각만 하지 말고 하라는 일이나 똑바로 하라고. 이 루저야."

마지는 그 순간 화를 내며 바닥에 물뿌리개를 내팽개쳤다.

"네가 틀렸으니까 그렇지! 이 바보야!" 그러고는 아무도 없는 숲으로 달려가 버렸다.

+++

마지는 혼자 울고 나서야 혼란스러운 마음이 진정이 되는 것 같았다. 주변의 소리가 다시 들렸다. 다람쥐가 나무 위로 재빠르게 올라가고 바람에 나뭇잎들이 파도치듯 흔들리고 있었다.

'…아무리 그래도 야고에게 그런 말을 해선 안 됐어.'

마지는 야고에게 미안한 마음이 들었다.

야고는 마지를 종종 구박하곤 했는데 어쩔 땐 오늘처럼 그녀 입장에선 억울할 때도 있다. 그래도 뭐 어쩔 수 있나?

못난이, 루저 취급은 덤이다. 그래도 마지는 그런 취급을 처음 받는 게 아니라 많이 힘들진 않다.

'야고의 표정이나 말투가 누구랑 닮은 것 같아.'

마지는 한참 생각하다 할머니가 떠올랐다.

+++

마지는 어렸을 적 바쁜 부모님을 대신해 할머니의 손
에 길러졌다.

다른 사람들은 할머니를 경쾌한 사람이라고 했지만 유
독 마지만큼은 할머니 앞에서 긴장을 늦출 수 없었다. 뭔
가 두렵다고 해야 하나? 그래서 할머니 앞에선 자신도
모르게 허리를 펴고 정자세를 유지했다.

"못난이 녀석. 너의 행동을 조심하렴."

그녀는 할머니의 말을 거역할 수 없었다. 그냥 그게 마
지의 본능이었다.

마지에겐 여동생과 오빠가 있었다.

마지는 여동생을 부러워했는데, 그녀는 자신이 봐도
정말 사랑스러웠다.

그래서 가족뿐만 아니라 친척들, 물론 할머니도 동생

에게 더 친절한 것 같았다.

할머니는 지인들과 여행을 하고 돌아오면 선물을 가져
다주시곤 했다.

"자 이건 우리 귀염둥이 거, 자 이건 마지 거다."

포장지를 뜯어보면 동생의 선물은 자신의 취향인 예쁜
옷이 입혀진 인형이었지만 자신의 것은 딱히 자신의 취
향이 아닌 못난이 인형이었다.

"오 진짜 마지랑 똑 닮았다." 오빠는 마지의 못난이 인
형을 보고 말했다.

'치…. 동생은 좋겠다.'

달력은 곧 마지의 초등학교 입학을 알리고 있었다.

그녀는 초등학생 때 조별 과제가 싫었다. 일반 수업이
면 그냥 학교에서 혼자 있다가 집에 가면 되었지만 조별
과제가 있으면 꼭 누군가와 팀을 이루어야 했기 때문이
다. 그날도 마지는 자투리가 되었고 선생님은 마지를 포
함해 남자 두 명 여자 두 명 조를 짜주셨다. 아이들은 과
제를 누구의 집에서 할지 가위바위보를 하자고 했고 결
과는 마지가 져서 아이들은 마지의 집에 가기로 했다.

"우와 나 얘네 집에 처음 가봐."

남자 둘은 까불면서 마지보다 먼저 뛰어가고 나머지 여자 한 명은 마지가 생각하기에 솔직한 독설가였다.

"너희! 그쪽 아니야! 야 그나저나 너희 집에 벌레 나오는 건 아니지?"

"몰라….".

할머니가 집에서 아이들을 맞아주시고 간식을 챙겨주셨다. 아이들은 숙제보다는 다른 것들에 관심이 많았다. 그들은 방을 이리저리 살펴보다 책상에 놓인 그 인형을 보았다.

"뭐 이런 인형이 다 있냐?" 까불거리던 한 아이가 말했다.

"킥킥 웃기긴 하네. 그래도 나쁘지만은 않아."

"맞아. 나도 괜찮은데." 그 둘도 별생각 없이 말했다.

'이게 괜찮다고?' 마지는 의외의 반응에 놀랐다.

마지는 그 인형을 잘 보관해서 꽤 시간이 지난 지금 봐도 딱히 오래되어 보이지 않았다.

어느덧 마지는 중학생이 되었다.

마지가 중학교에 들어간 지 얼마 안 된 어느 날 그녀의 할머니는 마지를 불러 줄 옷이 있다며 건네주었다.

"얘야, 너에게 잘 어울릴 것 같구나. 학교에 입고 가면 좋겠어."

옷에는 감자칩 광고 로고가 적혀있어서 학교에 입고 가기 창피하단 생각이 들었다.

'이런 걸 입고 가면 아이들이 놀릴 거야. 분명 내가 좋아하는 애도 보고 비웃을 거라고.'

하지만 집에는 딱히 입고 갈 옷이 없었고 할머니도 진심 같아서 어쩔 수 없이 그 옷을 입고 학교에 갔다. 아이들은 생각보다 마지가 입은 옷에 별로 관심이 없었다. 마지가 좋아하던 남학생도 별생각 없이 그의 친구들과 지나갔다. 그녀의 걱정과는 다르게 무던하게 하루가 지나갔다.

그 아이가 마지에게 말을 건 날은 여느 때와 같은 평범한 날이었다.

그는 마지 말고 다른 여학생들도 좋아할 만큼 멋진 아이였다.

물론 그 아이에겐 다가가진 못하고 그냥 가끔 멀리서 볼 뿐이었다.

하지만 그녀가 그를 좋아하는 것이 그에게 좀 티가 났나 보다.

그날 학교에서 자리에 앉아있던 마지에게 그 아이가 다가와 말했다.

"너 나 좋아해?"

마지가 당황하자 그럴 줄 알았다는 듯이 그 아이는 말했다.

"그런데 나는 너 별로니까 날 볼 때마다 그런 한심한 표정 좀 짓지 말아줬으면 해. 알겠냐?"

"어?? 알겠어….."

그 아이 주변에 있던 친구들은 모두 웃었다. 바로 종이 치고 아이들은 빠르게 자리로 돌아갔다.

마지는 약간 창피해서 얼굴이 빨개졌다.

'역시 내가 되게 별론가 보다. 휴….'

그때는 그것이 상처였지만 그래도 그 이후 마지는 어쩐지 거절당하는 것에 대해 부담이 줄었다. 발표할 때 손을 드는 것조차 못 하던 마지는 남들 앞에서 떨지 않고 말을 할 수 있게 되었다. 지금 생각해 보니 얼떨결에 발표 공포증이 나은 계기가 되었다.

마지는 어렸을 때는 할머니를 잘 따랐다. 하지만 사춘

기에 접어들면서 그녀는 할머니의 말을 잘 듣지 않았고 할머니도 어느 정도 큰 마지에게 그다지 간섭하지 않았다. 그때 마지는 한참 이 세상은 자신을 버린 것 같다고 생각했다. 생각대로 잘되는 일은 하나도 없고 좋은 일이 생겨 기뻐하기도 전에 금방 나쁜 소식이 들려 실망하게 되는 일이 더 많았다. 불만이 늘다 보니 주위 선생님이나 부모님께 구박도 자주 받았다.

그런 주변 환경은 마지가 즐겨 보던 행복해 보이는 티브이 프로그램과는 달랐다.

'난 왜 맨날 미움받고 구박받는 걸까? 하긴, 나는 오빠처럼 잘난 구석도 없고 동생처럼 착하지도 못해. 하지만 그런 것들은 해도 안 되는걸. 정말 속상해.'

마지는 고등학교에 진학하면서 기숙사 생활을 해 집에는 거의 가지 않게 되었다. 학교생활에서의 스트레스도 있었지만 그동안 받았던 것보다는 덜 힘들어서 금방 버티고 적응도 잘해나갔다. 이제는 친구들과 어울리는 게 어렵지도 않았다. 그러나 여전히 문제는 생기고 미래에 대한 걱정도 멈출 수 없었다.

"나 왔어…." 어느덧 괜찮아진 마지는 약간 의기소침한 모습으로 눈치를 보며 야고의 집에 들어왔다.

야고는 잭이 있던 작은 상자를 바라보고 있었다. 잭은 야고와 마지가 새끼 새에게 붙여준 이름이다. 잭은 꽤나 활기를 되찾고 나는 것에도 성공해서 이미 야생으로 돌아갔다.

"저기…. 미안해, 야고."

야고는 별말이 없었지만, 마지의 사과를 받아주는 것 같았다.

야고와 있다가 억울한 일은 또 발생하곤 했지만 그전처럼 크게 화가 나거나 울거나 하진 않았다.

시간이 지나고 뒤뜰의 싱그러운 초록색이던 나뭇잎들도 점점 노란색이나 주황색, 붉은색을 띠며 단풍이 들었다. 아침부터 햇빛이 좋은 날 마지는 창문을 열고 물건의 먼지들을 털어냈다.

그런데 얼마 지나지 않아 밖은 짙은 구름에 어두워지고 비바람이 불어 나뭇가지가 크게 흔들렸다. 그 때문에 형형색색이던 나뭇잎들은 거의 바닥으로 떨어졌다. 마지는 열어두었던 창문을 닫다가 낮은 땅에서 웬 식물이 바람에 흔들리고 있는 걸 보았다. 오후가 조금 지나서 날씨는 다시 평온해졌다.

"오늘은 날씨가 변덕스럽네."

창문을 보니 그 볼품없는 하찮은 식물이 여전히 그 자리에 있는 게 눈에 보였다. 야고는 그게 2번째 재료라고 했다.

이상한 마을

리스트에 쓰인 재료들은 하나씩 줄 그어지고 어느덧 마지막 재료를 구할 때가 되었다.

그들이 빽빽한 나무로 이루어진 숲을 나오자 아무것도 없는 드넓고 황량한 들판이 눈앞에 보였다.

그 드넓은 황량한 들판엔 오직 쓸쓸하게 무너져 버린 석고로 만든 건축물 같은 게 하나 있었다. 마지는 야고와 덩그러니 남겨진 그 건축물로 다가갔다. 그들은 그곳을 탐색하다 건축물 잔해 아래에 있는 노란 무언가를 발견했다. 그건 눈 주위를 가릴 수 있는 어설프게 만든듯한 노란 가면이었다.

'이게 뭐지?' 마지가 가면을 들어 올리자, 곧 눈앞의 풍경이 달라졌다.

시간은 어느샌가 초저녁이 돼 하늘은 붉게 해가 지고 있었고 눈앞에 무너져 있던 건축물은 언제 그랬냐는 듯 마을의 입구인 커다란 아치문이 되었다. 그리고 그 커다란 문에는 신비한 빛이 나는 돌이 있었다.

마지는 문을 통과해 마을로 들어갔다. 처음에는 안개가 뿌옇게 끼어 앞이 잘 보이지 않았지만 곧 불이 켜진 상점들과 사람들이 보이기 시작했다.

'여긴 어디?' 주변을 둘러보았지만 야고는 또다시 사라진 상태였다.

"야고!" 마지는 야고를 찾기 위해 왔던 길을 다시 되돌아갔다. 그러나 한참을 되돌아가도 현재 있는 곳에서 빠져나갈 수 없었다.

마지는 어쩔 수 없이 마을 안으로 들어갔고 머지않아 마을의 광장이 보였다. 그곳에는 잠잠한 작은 분수대가 있었다. 몇몇 사람들이 그곳에서 눈물을 감추거나 기도를 하고 돌아가고 있었고 분수대 아래에는 촛불들이 있어 분위기는 약간 침울했다.

"땡- 땡-" 커다란 종소리가 울리고 검은 새들이 날아갔다.

그곳에 있던 사람들은 대부분 돌아가고 마지막으로 재킷 주머니에 손을 넣은 한 남자가 쓸쓸히 촛불을 쳐다보고 돌아가려는 모습이 보였다. 그는 마지 또래의 남자인 것 같았다. 마지는 그와 눈이 마주쳤다. 좀 더 정확히 말하자면 그는 마지의 손에 들린 가면을 쳐다본 것 같았다.

그는 마지에게 다가오더니 가면을 가리키며 물었다.

"그거, 네 거 아니지?"

"응?"

"사실대로 말해줘. 혹시 어디서 훔치거나 한 건…."

"이거? 이거 마을 정문 앞에 떨어져 있어서 주운 거야. 주위에 아무도 없어서 버려진 건 줄 알았어." 마지는 횡설수설 자신의 무고함을 설명하고 있었다.

"마을 정문 앞에서 주웠다고?"

"어. 진짜야. 나도 그냥 주운 것뿐이야."

"휴…. 그렇구나."

남자는 고개를 푹 숙이며 말했다.

"난 사라진 그녀가 돌아온 줄 알았어. 그 마스크는 그
애 거거든."

"그 애?"

무도회

저녁

"그날은 우리 마을에서 축제가 열리는 날이었어. 광장에선 다양한 먹을거리도 팔고 저 정원이 딸린 가게를 빌려 춤도 추는 날이었지."

그 이선이라는 남자는 회상을 하며 그날 있었던 일을 말해주었다. 이번 해의 축제 테마는 가면이라 누가 누군지 모르는 상태로 춤을 추는 이벤트도 있었다고 한다.

"광장은 축제 분위기로 들떠있었고, 상점은 허접한 가면들을 팔고 있었어. 친구들과 나는 우스꽝스러운 가면을 쓰고 웃었지."

저녁이 되고 그는 친구들과 파티가 열리는 가게에 갔다. 친구들은 저마다 파트너를 찾아서 춤을 췄지만 그는 좀 피곤해져서 파티장에 있는 음료수를 마시러 갔다. "거기서 그녀가 실수로 내 옷에 포도주스를 흘려버렸어." 그는 미안해하는 그녀에게 괜찮다고 말하며 고개를 들다가 노란 가면 너머의 밝은 갈색 눈동자를 보았다. 둘 사이엔 잠깐의 정적이 흘렀고 그녀가 먼저 그 공기를 깨고 말을 걸었다. 그들은 대화가 재밌어지자 시끄러운 가게를 나와 정원으로 이동했다.

그녀는 이선이 빤히 쳐다보는 게 약간 쑥스러운 듯 말했다. "내 마스크 좀 그렇지? 내가 오기 전에 급하게 만든 거거든."

"아니? 전혀." 이선은 그런 의도가 없었다는 듯 허둥지둥 말했고 그녀는 웃었다. 그때 그녀의 가면이 떨어졌다. 이선은 그녀의 얼굴을 본 순간 심장이 요동쳐서 말을 이을 수 없었다.

그 마스크는 곧 이상한 바람에 날아가기 시작했다.

그녀는 당황하더니 가면을 가지고 오겠다고 하고 가게 밖으로 나갔다.

이선도 같이 가겠다고 했지만 그녀는 금방 돌아오겠다고 하고 서둘러 갔다.

"그게 내가 본 그녀의 마지막 뒷모습이야.

나는 축제가 끝날 때까지 그녀를 기다렸지만 그녀는 돌아오지 않았어. 나는 퇴짜를 맞은 줄 알고 상심하고 돌아갔지."

곧 비가 올 듯 먹구름이 깔리고 있었다.

"그런데 축제 다음 날 마을은 소란이 났어. 그날 저녁에 마을에서 갑자기 사라진 사람들이 생겼거든." 그녀의 가족을 비롯해 여러 사람들은 실종된 사람들의 사진을 들고 그들을 찾고 있었다.

그 무도회 날 이후 마을 입구에는 전에 보지 못했던 거대한 아치 모양의 문이 세워졌고 이상한 안개가 끼기 시작했다. 그리고 마을 밖으로 출입이 불가능해졌다.

"마을 사람들은 실종된 사람들을 찾기 위해 노력하고 있어. 나도 그들을 도우려 노력했지만 어떤 단서도 찾기 힘들어서…. 지금으로서는 나는 그녀가 무사하길 기도할 뿐이야."

'그럼 이게 하나밖에 없는 그녀의 가면인 건가?' 마지는 자신이 들고 있던 가면을 보며 생각했다.

"실례가 안 된다면 그 가면 나에게 줄래?"

"여기."

마지는 이선이라는 청년에게 자신이 마을 입구에서 주운 가면을 건네주었다.

장난꾸러기

요정

벽

가로등에 하나둘씩 불이 들어오고 광장에 있던 사람들도 거의 집으로 돌아가 거리는 조용했다.

이선은 그 가로등에 비치는 가면을 보더니 고맙다며 가면을 들고 흔들었다.

그러자 그 가면 주위에서 작은 먼지들이 일어나고 그들이 기침을 한 사이 빨간 고깔모자를 쓴 험상궂고 장난기 많아 보이는 요정이 나타났다.

"하암- 잘 잤다."

그것은 기지개를 켜더니 자신을 쳐다보는 이선을 보며

말했다. "뭘 봐?"

마지는 놀라서 침을 꿀꺽 삼켰다.

요정은 주변을 날아다니며 재잘거리기 시작했다.

"여기 내가 알던데 맞아? 이봐!" 벅은 크게 소리를 쳤지만 아무런 대답도 돌아오지 않았다.

"뭐 하는 거야?" 이선은 시끄러운 벅의 행동이 이해가 안 되는 듯 말했다.

"다른 요정들을 불러봤어. 그런데 아무도 눈에 보이지 않아."

"저녁이라 다 집에 들어간 게 아닐까?" 마지는 벅을 신기하게 쳐다보며 답했다.

"넌 나 같은 요정에 대해 아무것도 모르는구나? 그들은 이 저녁 시간에도 활발하게 움직인단다."

벅은 마을을 두리번거리더니 무언가를 가리키며 말했다.

"저건 뭐야?"

마지는 벅이 가리키는 것을 따라 달빛 아래 마을 멀리 보이는 높은 탑을 보았다. 그건 아직 미완성된, 그러나 가장 높고 곧 완성이 코앞인 탑이었다.

"오랫동안 잠을 잤나 보네. 한 달 전 무도회가 있고 난 후로 생긴 거야." 이선이 대답했다.

"한 달 만에 저만큼이나? 가만있자 무도회라…."

벅은 턱을 괴고 생각을 하다가 이선의 얼굴을 보더니 무엇인가 떠오른 듯 말했다.

"너는 그때 그 녀석이잖아!"

"날 알아?" 이선이 물었다.

"그럼. 그때 무도회에서 한 여자애 앞에서 정신 못 차리던 모습. 내가 가면을 가지고 도망쳤거든."

"뭐?" 이선과 마지는 둘 다 벅을 쳐다보았다.

그 요정은 뭐가 자신만만한지 자신이 가면을 가져간 범인이라고 당당하게 말했다.

"그날 저녁 무슨 일이 있었던 거야! 가면을 가지고 어디로 갔었던 거지?"

"워, 진정해. 무슨 일인데 그래?"

이선은 그 무도회 저녁 이후에 마을에서 실종된 사람들에 대한 이야기를 했다.

+++

"…그냥 장난이 치고 싶어졌었어." 이상한 바람에 실려 간 가면은 벅이 몰래 가져간 거였다. "뭐, 나도 중간에 대충 가면을 놓아주려고 했어. 그런데 그 여자가 매섭게 쫓아오는 바람에 나도 모르게 마을 경계를 넘어가고 말았어. 나도 깜짝 놀랐지 뭐야." 벅은 마을 경계를 넘어선 순간 이상한 소리가 나서 뒤를 돌아봤다. 마을에서는 어떤 빛이 번쩍 났고 그 빛을 본 후 벅은 기절해 버렸다. "난 이 가면 안에서 그동안 잠들어 버렸나 봐."

벅은 마지를 빤히 쳐다보더니 말했다.

"너는 딱 봐도 외부인이야. 맞지?"

"어…."

이선은 시계의 시간을 바라보며 말했다. "그러고 보니 어두운 숲에서 온 너에게 할 이야기가 있어. 그런데 지금은 더 이상 시간을 지체할 수 없어서 말이야. 내일 다시 만날 수 있어?"

"어. 나는 이 아이랑 있을게. 우리는 저 언덕 위 숙소에 있을 거야. 보이지?" 벅은 기차역이 있는 언덕 근처에 있는 작은 숙소를 보며 말했다.

"응."

마지는 요정 벅을 따라 숙소를 향해 갔다.

카운터와 그 옆 식당은 어둡게 불이 꺼져있었고 카운터 테이블에 아주 작은 불 하나만 켜져있었다. 분위기도 아주 조용했다.

"실례합니다."

마지는 키를 하나 받고 2층으로 올라갔다. 아주 작은 방이었다. '위층엔 어떤 가족이라도 머무는 걸까.' 아이가 뛰어다니며 웃는 소리가 여실히 들렸다. 어느덧 밖은 새까맣게 어두워졌고 창문엔 작은 빗방울이 하나씩 떨어졌다. 마지는 불을 끄고 침대에 앉아 창문 밖을 쳐다봤다.

창밖으론 가로등이 켜진 조용한 마을의 모습이 보였다.

마을은 대부분 직선으로 경사가 진 지붕의 낮은 집이었기 때문에 멀리 보이는 높은 탑은 눈에 더 띄었다.

"잘 자 벅."

"너도."

마지는 창틀에서 탑을 바라보는 벅 옆에 손수건을 놔두고 스탠드를 껐다. 마지는 언제까지 그곳에 머무를 수만은 없었기에 다시 나가려면 어떤 단서라도 찾아야 한다고 생각했다. 그러나 도움을 구할 곳도 없고 불안함에

잠에 들 수 없어서 어두운 천장을 한참 바라보았다. 문
득, 아주 오랜만에 마지는 기도할 생각이 들어 눈을 꽉
감고 손을 모았다가 몇 초도 안 돼 잠에 곯아떨어졌다.

다음 날 아침 벽은 마지를 지나가며 말했다.

"너 코를 좀 심하게 골더라? 잠자다 깜짝 놀랐어."

"그래? 미안."

그들은 1층 카운터로 내려왔다.

그곳에는 저녁에 있던 사람이 아닌 다른 사람이 서있
었다.

"어머나, 외부인이라니. 최근엔 마을이 막혀서 이 숙
소에 오는 자는 없었는데…." 카운터에 있던 아주머니는
흥미로운 듯 마지를 보며 말했다.

"외부인이라고?" 그때 카운터 옆 식당에서 빈 테이블
에 앉아 태블릿을 보고 있던 한 아저씨가 고개를 내밀었
다. "오, 외부인이 왔다니 반가운걸. 나도 일 때문에 마을
을 떠나야 하지만 못 나가고 있지. 허허 난 용만이야."

"안녕하세요. 전 마지에요."

숙소에서의 아침

마지는 용만이 가지고 있는 태블릿을 무심코 보았
다. 날짜가 지난 신문이었다.

"그나저나 아무리 운전해도 안개를 거치고 나면 다시
이 마을로 돌아오게 되니…. 통신도 불통이야.

넌 어떻게 들어온 거니?"

"저도 잘 몰라요. 음…. 어제 처음으로 이선이라는 아
이를 만나서 오늘 만나기로 했어요."

"그 광장 빵 가게에서 일하는 이선?"

"응 맞아. 그 녀석이야." 그때 어딘가에 있던 요정 벽이

불쑥 나와 이야기에 끼어들었다.

"오, 자네 그동안 어디 있던 게야. 그동안 잘 지냈는가?"

"휴- 나는 어제 막 깨어나서 정신이 없었어."

카운터에 있던 진경이 커피 한 잔을 들고 그들이 있던 테이블로 왔다. 용만의 자리에 커피잔을 놓았고 곧 식당은 좋은 커피 냄새로 가득 찼다.

"커피, 감사합니다." 용만은 커피가 반가운 듯 말했다.

"마을이 아주 조용해졌죠. 아무래도 그 요정들도 눈에 띄지 않고 아이들 우는 소리도 잘 안 들려요."

진경도 옆 테이블의 의자를 가져와 앉으며 말했다.

"이 마을엔 요정이 많나요?" 마지가 물었다.

"이 마을은 아주 가까이에 어두운 숲을 끼고 있는데, 그곳에는 각종 요정이나 괴물들이 살고 있어. 무시무시한 용도 있고. 그래서 그곳의 요정들이 나처럼 이 마을에 자주 장난을 치러 와." 벅이 말했다.

"껄껄, 뭐 유쾌하기만 한 녀석들은 아니지. 그놈들은 나를 어렸을 때 지긋지긋하게 괴롭혔는데 마지막 조각만 세우면 완성되는 것을 무너트리고 도망가는 녀석도 있었어. 완벽하게 완성하고 싶었는데 말이야. 그때는 그

것 때문에 분해서 집에 가서 울기도 했지. 지금 돌아보면 아무것도 아니지만. 뭐 누구나 그런 기억은 있지 않니." 용만이 말했다.

마지는 고개를 끄덕였다.

"그래도 게르란 자들은 특히 주의해야 한단다. 그들과 눈이 3초 이상 마주쳤다간 영혼을 뺏기거든." 용만이 커피를 홀짝였다.

진경은 가까이 오라는 듯 손짓하고 마지가 고개를 가까이 대자 속삭이며 말했다.

"규칙을 잘 지키더라도 예외는 아니야. 특히 저녁에 말이야. 그 눈빛이 동물의 눈인 줄 알고 쳐다봤다가 죽은 사람들도 꽤 있으니까. 이선의 부모님도 자동차 사고가 난 밤…."

위대한 마법사

그 순간 문이 열리며 짤랑하는 소리가 들리고 이선이 카운터를 지나 식당으로 들어왔다.

"오 이선이구나. 오랜만이네."

"네 용만 씨 안녕하세요. 진경 씨도요."

"그동안 잘 지냈니? 어머나, 오랜만에 봐서 못 알아볼 뻔했네. 아주 잘 컸구나?"

진경이 말했다.

"감사해요. 잠시 실례할게요."

마지와 벅은 나가자는 제스처를 하는 이선을 따라나섰다.

그들은 근처의 사람이 거의 없는 작은 기차역으로 갔다.

"요정들이 사라졌다는 거, 사실 내가 친구에게 들은 게 있어."

"뭔데?" 벅이 관심을 가지고 이야기를 들었다.

"몇 달 전에 우리 마을에 나타난 신비한 시인, 너도 알고 있지?"

"응 생각나. 어둠의 마법사라느니 뭐 그런 소문이 있었지."

"그자들은 신비한 힘을 준다고 했지. 그런데 우리 가게 점장님은 그건 얄팍한 사기일 뿐이니 그 마법사들을 따라가지 말라고 했어.

그래도 몇몇 사람들은 그자들을 따라갔지만."

진이라는 친구도 그들 중 한 명이다.

그는 마법사를 따라간 이후 정말 놀라운 마법을 부릴 수 있었다.

"정말? 어떤?" 마지가 물었다.

"친구가 나에게 아무 나뭇가지를 가져오라고 했어. 그래서 나는 길바닥에 떨어진 썩은 나뭇가지를 주워왔지. 걔가 어떤 주문을 외우자 내 손안에 있던 그 나뭇가지는 번쩍 빛이 나더니 싹이 돋기 시작했어.”

“뭐? 마술 같은 거 아니야?”

“나도 믿을 순 없었지만 그 나뭇가지는 분명 다시 살아난 듯 싹이 돋았어. 그들은 단순한 거짓말쟁이들은 아니야.”

약간의 침묵이 흘렀다.

마지는 아주 어렸을 때는 마법사가 있다고 생각했지만 조금 크고 나선 그런 건 아예 믿지도 않았다.

“걔는 그 힘을 얻고 나서 그들을 추앙했지. 자기를 말리는 자들은 모두 질투 때문에 그러는 거라고 사람들과 멀어졌어.” 이선은 회상을 시작했다.

회상

“이선, 너도 알잖아. 이 주위에 게르가 얼마나 골칫거리인지. 너희 부모님도 안됐지만 그렇고…. 너도 봐서 알다시피 그 주문은 진짜야. 안 그래도 이번 의식이 성공하면 더 큰 걸 얻을 수 있을 거야. 아마 게르를 포함해 어두운 숲속의 위험한 녀석들을 없앨 수 있겠지.

그러면 우리는 자유롭게 어두운 숲을 돌아다닐 수 있을

거야. 그곳엔 황금빛 햇살이 숲을 비춰 반짝이는 순간이 영원하겠지."

"게르는 위험하긴 하지. 하지만 난 떨떠름해. 그들이 사용하는 건 어둠의 마법이라는 소문도 자자해. 넌 지금 무언가에 홀린 것 같아."

"난 널 생각해서 한 말인데.

너도 다른 사람들과 똑같아. 찬이는 이 놀라운 힘을 보고 난 후 질투심이 올랐는지 나를 음해하고 욕을 했어. 너도 나를 위하는 척하면서 그 의식을 못 하게 하려는 거지."

진은 사나워진 표정을 짓고 뒤돌아섰다.

"…"

"난 갈게. 저 탑이 완공되면 모든 준비는 끝이 날 테니까."
진은 터벅터벅 걸어갔다.

이선은 이제 막 지어지기 시작한 탑을 봤다. 아마 지어지려면 한참 걸리겠거니 생각했다.

"…진, 아직 시간이 많이 남았으니까 네가 천천히 생각해 봤으면 좋겠어."

"탑은 금방 완공될 거야. 방해가 될 그들을 탑의 수용소 안에 잠시 가둘 테니까."

'그들?'

+ + +

"걔와 거기서 헤어지고 난 이후론 만나지 못했어. 나는 걔가 말한 '그들'이 너 같은 어두운 숲속의 요정이나 괴물들이라고 생각해." 이선은 벅을 보며 말했다.

"그렇군. 그럼 그 탑 안에 그들이 있을지도 모르겠단 거지?"

"맞아."

'흠⋯.' 마지는 어쩐지 진의 이야기가 남의 일만은 아닌 것 같았다.

문득 마지는 탑에 가보고 싶어졌다.

"탑 근처에 한번 가보고 싶어. 많이 위험한 곳이야?"

"경비는 삼엄하긴 하지만 너무 가까이 가지만 않으면 된댔어."

"거기에 가보려고? 그럼 나도 갈래." 벅이 말했다.

"그럼 나도 가볼게. 어떤 곳인지 확인도 해볼 겸." 이선이 외투를 챙기며 일어났다.

탑

그들은 언덕을 내려와 은행과 시청 사이 앞 버스 정
류장 벤치에 앉았다.

이른 아침에 안개가 자욱하게 끼어있었고 간혹 운동하
는 사람들이 뛰어가며 지나갈 뿐 벤치에는 그들밖에 없
었다.

도로 건너 앞에 보이는 교회 입구엔 한 할머니가 목사
님과 이야기를 하고 있었다.

"그러고 보니 우리 할아버지가 옛날이야기를 해주실
때 신비한 힘을 쓰는 마법사들에 대해 말해주신 적 있어.

그들이 금지된 의식으로 만든 섬, 자주란 곳이 있었대."
벽이 말했다.

"그런 곳은 처음 들어보는데." 이선이 이상하다는 듯
물었다.

"당연하지. 옛날에 사라져 버려 지도에서도 지워졌으
니까."

"자주는 어떤 곳이었어? 금지된 의식으로 만들어서 위
험했나?" 마지가 물었다.

"아니, 오히려 반대야."

자주, 그곳은 마법사들이 금지된 의식으로 만든 곳이
었다. 마법사들은 어떤 희생을 통해 여러 신들의 힘을 얻
었다. 그곳에 사는 사람들의 마법 지식은 모두 뛰어났으
며 이상적인 인간성까지 갖추었다. 자주는 평화로우며
모든 것은 정답이 있는 듯 합리적으로 잘 돌아갔다. 그곳
은 어떠한 침략도 막아서는, 마치 승리의 여신이 손이라
도 들어주는 듯한 곳이었다.

"우와. 그런 훌륭한 곳이 어째서 사라져 버린 거야?"
마지는 신기한 듯 물어보았다.

"뭐. 듣기엔 괜찮아 보일 순 있겠지." 벽은 어쩐지 비꼬

는 것 같았다. "어쨌거나 시간이 지나고 한번 아주 어마무시한 외부의 침공이 있어서 그 섬뿐만이 아니라 다른 곳들도 애를 먹었대. 자주는 거기에 맞서 어떤 의식을 했나 봐."

그때 그 섬은 모든 것의 움직임이 서서히 느려지더니 정적이 흘렀다. 마치 시간이 멈춘 것 같았다. 그러다 빛이 났는데 그 빛은 너무 밝아서 섬 밖 아주 멀리서도 보였다고 한다. 그리고 얼마 뒤 섬이 통째로 사라져 버렸다는 게 벅의 할아버지가 해주신 이야기라고 한다.

그때 멀리서 하이라이트를 켠 버스 한 대가 도착했다.

아침이지만 회색 안개가 뿌옇게 껴있어서 하이라이트를 켜지 않을 수 없었다.

그들은 버스에 올라탔다. 그곳엔 승객이 아무도 없었다.

"마을 중앙까지요. 표 3개요."

기사 아저씨는 티켓에 기계로 오늘의 날짜와 시간을 찍어 건네주었다.

그들은 따로 자리에 앉아 별말을 하지 않고 창문을 바라봤다.

모두 각자의 생각에 잠긴듯했다.

얼마 지나지 않아 마을버스는 탑이 있는 마을 중앙에
도착했다.

그들은 높은 탑 쪽을 향해 걸어갔다.

점점 주변엔 넝쿨에 감겨진 건물들이 보이기 시작했
다. 바닥에는 줄기가 뻗어있고 앞을 바라보니 마치 잭과
콩나무에 나올듯한 커다란 줄기가 탑의 입구를 꽁꽁 감
싸고 있었다.

탑의 주위엔 마법의 돌이 빛을 내고 있었다.

"와, 여기 줄기 좀 봐."

"저 돌의 힘 때문일 거야. 엄청 탄탄한걸. 탑 안으론 들
어가지도 못하겠어." 이선이 줄기를 만져보며 말했다.

"그것보단 저 보기 싫은 빛 때문에 접근도 못 하겠어."
벽이 탑으로부터 등을 돌렸다.

"얘들아, 나는 일단 탑 주위를 더 둘러볼게." 이선은 그
렇게 말하고 성 주변을 탐색하러 갔다.

"나는 더 이상 이곳에 있을 수 없어."

마지는 어디론가 도망가는 벽을 따라갔다.

그들은 2층짜리 집 한 채 근처에 도착했다. 벽은 갑자
기 멈추더니 어디선가 맛있는 냄새가 난다고 하며 그 집

쪽으로 다가가기 시작했다.

"여기서 맛있는 냄새가 나." 벅은 그렇게 말하고선 열린 창문 사이로 들어갔다.

"벅! 잠깐만!" 그때 그 집의 문이 끼익 열렸다. 아마 집주인이 문을 잠그는 것을 깜빡했나 보다.

마지는 열린 문을 따라 그 집 안으로 들어갔다. 집에는 가족사진이 걸려있었다. 아빠 곰, 엄마 곰, 그리고 아이 곰이 있는 곰 세 마리 가족의 집이었다.

"실례합니다." 돌아오는 대답은 없었다.

"봐! 맛있는 죽이 있어." 테이블에는 뜨끈뜨끈한 김이 나는 죽 세 그릇이 있었다. 벅은 그 그릇을 향해 날아갔다. "아얏, 이건 너무 뜨거워."

그렇게 말하고선 다른 그릇으로 갔다. "이건 볼이 너무 크네." 벅은 그렇게 나머지 한 그릇의 죽을 다 먹었다.

마치는 약간 겁이 나서 주위를 둘러보았다.

마지도 근처에 있는 3개의 의자 중 자신의 가까이에 있는 작은 의자에 앉았다. 그런데 그 의자는 마지가 앉자 다리 한쪽이 우지끈하고 부러져 버렸다.

"이런."

마지는 이상하게 조용해진 벽을 찾아 2층으로 조심스럽게 올라가 보았다.

부부 방으로 보이는 곳엔 커다란 침대와 화장대 등이 있었고 벽은 없었다. 마지는 그 옆에 아이 방으로 보이는 곳에 들어갔다. 그곳의 침대에 벽은 누워서 자고 있었다.

"벽 일어나! 지금 잘 때가 아니야."

곧 문이 열리고 곰 세 마리가 집에 들어오는 소리가 들렸다.

그들은 어질러진 집 안을 바라보았다.

"어머, 누가 집에 들어왔나 봐요."

엄마 곰이 조심스럽게 말했다.

"이거 봐!" 그때 아이 곰이 소리쳤다.

"누가 내 죽만 다 먹었어."

아이 곰이 화를 내며 말했다.

그들은 또 주위를 둘러보다 부러진 의자를 발견했다.

"이거 봐, 또 누가 내 의자만 망가트렸어."

아이 곰이 울상이 되어 말했다.

"쉿! 위에서 어떤 소리가 들려."

그 곰 가족은 조심스럽게 위층으로 올라갔다.

아이 곰의 방에 가자 그들은 잠에서 깨어난 벅과 우두커니 서있는 마지를 보고 놀라지 않을 수 없었다.

"이게 뭐야, 내 죽, 내 의자, 그리고 내 침대까지 이상한 애가 차지하고 있잖아."

아이 곰은 엉엉 울기 시작했다.

엄마 곰과 아빠 곰은 벌벌 떨며 무서워했다.

"누, 누구신데 남의 집에 와서."

"죄송해요." 마지는 슬금슬금 집을 나와 이선이 있던 탑 근처까지 뛰어갔다.

'잠깐. 이거 어디서 본 이야기 같은데?'

이선이 손을 흔들고 있는 게 눈에 보였다. "얘들아, 마침 잘 왔어. 방금 저 마법의 돌의 빛이 사그라들었어."

"휴, 정말이네. 더 이상 그 빛 때문에 어지럽지 않아."

그 때문에 성을 꽁꽁 감싸고 있던 줄기는 약해지고 시들해졌다.

시들해진 줄기 사이로 틈이 생겼다.

"저기에 틈이 생겼어. 저기로 들어가 보자." 셋은 이선이 가리킨 그 줄기 사이를 넘어 성안으로 들어갔다.

그들은 벅을 따라 복도를 걸었다.

"이쪽이야. 이쪽에서 요정들의 목소리가 들려."

벅은 탑 안으로 들어오니 요정들의 기척을 더 잘 느낄 수 있었다.

그들은 지하로 내려갔고 거기엔 커다란 문이 있었다.

이선이 그 문을 바로 열자 그 안엔 여러 요정들과 괴물들이 있었다.

"벅! 너 무사했구나!"

"너희들 전부 여기에 있었구나."

"번쩍 빛이 나고 정신을 차려보니 이곳이었어."

그들은 지하에 있던 요정들을 통해 그동안 어떤 일이 일어났는지 자세히 알게 되었다.

마법사를 추앙하며 신비한 힘을 손에 넣은 자들은 영혼을 삼키는 게르를 없앨 작전을 세웠다. 그들은 의식에 필요한 탑을 세우는 데 방해가 될 요정이나 괴물들을 잠시 동안 잠재울 필요가 있었다. 모두가 정신없을 무도회 저녁, 그들은 마을 외곽 다섯 곳에 마법의 돌이 새겨진 문을 세웠다. 어두운 숲에 있던 괴물이나 요정들은 마법의 돌에서 나오는 빛에 예민하게 반응하기 때문에 그것이 있는 한 마을 쪽으로 다가오지 않을 것이다.

그리고 마을에 남은 나머지 것들은 그들의 마법으로 잠재워 아무도 깨우지 못하게 지하 수용소에 가두었다. 그 두 과정은 거의 동시에 이루어졌으며 그때 마을에서 커다란 빛이 났던 것이다.

수상한 안개와 사라진 사람들은 그들이 생각지 못한 에러였다. 그러나 그런 것쯤은 그들의 다음 계획에 크게 상관없었다.

그들의 예상대로 탑은 빠른 속도로 올라갔다.

+++

"요정들을 찾아서 다행이야."

그들도 탑을 나가려 할 때 짙고 어두운 로브를 걸친 요정이 지나가며 말했다.

"그 마법을 사용하면 타락을 면치 못해. 그자가 아무리 남을 돕든, 성실하든 말이야. 뭐…. 앞일은 어찌 될지 나도 잘 모르겠지만."

지하실에 갇혀있던 괴물들과 요정들은 성의 열린 문으

로 하나둘 밖으로 나가기 시작했다.

거대한 괴물들이 이동하며 땅이 울리자 마을 사람들은 건물이나 집에 들어가 무슨 일이 일어나고 있는지 지켜보았다.

그 진동을 못 버티고 떨어진 마법의 돌들을 지나 괴물들은 어두운 숲속으로 돌아갔다.

몰락

"무슨 소란이야."

꼭대기와 가까운 층 탑 안에 있던 사람들은 미세한 진동을 느끼고 탑 밖을 바라보기 시작했다.

그곳엔 거대한 괴물들이 시들어진 줄기를 치우고 나오고 그 뒤를 따라 요정들도 하나둘씩 나오고 있었다.

그들은 마을을 지나 숲으로 가는 중이었다.

"저들 때문에 입구가 무너졌어. 이러다간 숲의 것들이 곧 들어올 거야."

"걱정할 필요 없어. 이제 탑의 완공이 코앞까지니까."

그들은 곧 완성되어 가는 탑의 꼭대기를 보았다.

"아무도 이곳을 쉽게 무너트릴 수 없어." 탑에는 곳곳에 배치된 마법사와 기사들이 있었다.

한편 벅과 아이들은 탑에서 나와 숨을 돌리고 있었다.

탑에 있던 요정들은 숲을 향해 나가고 있었지만 그 반대로 마을에 호기심이 생긴 숲속에 있던 요정들이 들어오고도 있었다. 그중 한 요정이 지하에 갇혀있었던 그의 친구들에게 다가오고 있었다.

그 요정은 렌야라는 요정이었는데 친구들 사이에 갈등이 생기면 배후에 이 요정이 있곤 한다.

렌야는 다행히도 무도회가 열린 날 마을에 있지 않아서 지하에 갇히지 않았나 보다. 그런데 무언가 마음에 안드는듯한 얼굴을 하고 있었다.

그녀는 아이들이 자신만 빼고 비밀 축제를 즐기러 간 거라고 생각했다. 그렇지 않고서야 그들이 코빼기도 보이지 않아 찾을 수 없었으니 말이다. 그들이 남겼을지도 모를 초대장도 찾아보았지만 애초에 없었으니 찾을 수도 없었다.

그러다 그들이 안 보이는 시간이 꽤 길어지자 그녀는 걱정도 되기 시작했다. 그녀의 애타는 마음을 여기에 다 적을 순 없을 것이다. 어쨌거나 그녀는 오랜만에 아이들을 보자 서운함에 눈물을 흘렸다.

"너희 그동안 나만 빼고 어디에 있었던 거야. 내가 얼마나 찾아다닌 줄 알아?"

"오…. 렌야."

요정들은 렌야에게 그동안 있었던 일을 말해주었다.

그러자 렌야는 언제 서운했냐는 듯 다시 살짝 웃기 시작했다.

"난 또 뭐라고. 이제라도 너희가 보여서 안심이야."

'휴….' 벅은 누그러진 렌야를 보고 안심을 했다.

"아 맞다. 내가 숲속에서 초대장을 찾아다니다가 이런 걸 발견했거든? 이런 장식용품이 있으면 파티가 더 재밌지 않겠어?"

렌야는 자기 몸보다 커다란 황금알을 아이들 앞에 가져왔다.

'이게 뭐지?' 마지는 반짝반짝 빛나는 알을 유심히 쳐다봤다.

곧 한 요정이 입을 열었다.

"피… 피해! 그건 검은 용이 좋아하는 황금알이야."

"난 도망갈래! 언제 검은 용이 여기로 올지 몰라."

"나도." 요정들은 그 알이 폭탄인 것마냥 서로 떠넘기며 도망갔고 곧 사방은 비명소리가 전염되는 듯 퍼져나갔다.

검은 용은 용들 중에서도 가장 크며 성질이 포악하고 탐욕스럽다. 그들이 좋아하는 황금알은 희귀한 확률로 숲속 생각지 못한 곳에 굴러다닌 채 발견된다. 그러나 그것을 들고 있다가 그들에게 들키면 무슨 일을 당할지 모른다. 이전에도 한 모험가가 멋모르고 그 황금알을 들다가 검은 용에게 죽을 만큼 쫓겼으니 말이다.

안 그래도 괴물들 때문에 무슨 일이 일어날지 경계하던 마을 주민들은 요정들까지 소란스럽게 도망가자 문을 잠그거나 대피소로 피했다.

한편 탑 안에서 마을을 망원경으로 지켜보던 자는 사람들이 분주하게 움직이자 의아함을 느꼈다.

"뭐야, 무슨 일이라도 있나?"

그는 마법의 망원경을 천천히 돌려 다른 곳을 보다가

바로 탑 근처에 있는 황금알을 봤다.

"오! 멋져라. 탑 안으로 가져오면 근사할 거야."

그자는 마법을 부려 그것을 성안으로 가져가려고 했다.

마지와 이선은 탑 쪽으로 날아가는 황금알을 보았다. 누군가 마법으로 그것을 가져가고 있었다.

"저기요! 거기서 떨어져요! 그건 위험한 거예요!"아이들은 소리쳤다.

그는 아이들의 소리를 듣고 아래를 내려다보았다.

"위험? 이게?"그자는 그들을 비웃었다.

"검은 용이 높이 있는 그것의 냄새를 맡고 올 수 있어. 아무리 너희라도 무사하진 못할 거야."다른 작은 요정이 그들에게 경고했다.

"참나. 우리를 뭐로 보고."하지만 마법사는 도리어 그말을 도발로 보고 알을 성안으로 가지고 들어가 버렸다.

"내버려 둬. 일단 우리라도 도망가자."

아이들과 요정들은 그곳으로부터 멀어지도록 도망갔다.

마지는 춥고 바람이 많이 부는 잿빛 하늘을 쳐다봤다. 나무들은 얼마 안 남은 낙엽들마저 떨어져 나뭇가지만 앙상하게 남아 쌀쌀한 바람에 흔들리고 있었다. 곧 멀리

서부터 스산한 소리가 들렸다. 그건 분명 짐승이 우는 소리였다.

정신없이 도망가다 보니 마지는 다른 아이들과 흩어지고 말았다.

땅은 포효 소리와 함께 어두워지고 주위의 것들은 사정없이 바람에 흔들리고 있었다.

한편 성에 있던 한 병사는 멀리서 커다란 용이 그쪽으로 다가오는 걸 보고 경보를 울렸다.

성에 있던 자들 중 몇몇은 그 무시무시한 모습을 보고 그곳을 빠져나와 도망가기 시작했다. 그러나 다른 용기 있던 자들은 탑을 지키기 위해 전투 준비를 했다.

"각자 위치로!"

탑의 주위엔 마법사와 기사들이 각자의 자리에 위치했다.

그들은 멀리서 다가오는 검은 용에게 할 수 있는 모든 공격을 했다.

그들은 강했지만 그 탐욕스러운 용을 상대하긴 무리였다.

용은 발톱으로 성을 부숴버리고 그 안에 있던 황금알을 찾아 가져갔다.

그것은 다시 멀리 날아갔다.

"조금만 더 있었으면 탑을 완성할 수 있었을 텐데, 그 랬다면 저것 따윈 아무것도 아니었을 텐데!" 탑을 급하게 빠져나온 한 마녀가 소리를 지르며 분함을 감추지 못했다. 그리고 다른 살아남은 자들도 허무해하거나 분노하고 있었다.

"이게 전부 어둠의 숲에서 온 것들 때문이야!"

"아니지, 그 알을 가지고 들어온 너 때문 아니야?"

+++

마지는 도망치다 커다란 소리에 뒤를 돌아보았다.

탑 근처에서 싸우는 소리가 들렸다.

머지않아 검은 용에 의해 탑이 무너지고 용은 떠났다.

마지는 잠시 숨을 고르고 멈추었다.

'다른 애들은 어디로 갔지?'

마지는 주위를 둘러보니 처음 보는 새로운 곳에 도착

하고 말았다. 사람은 코빼기도 보이지 않고 이선이 있던 마을과는 다른 느낌이었지만 그래도 크게 낯설지만은 않았다.

근처엔 다 쓰러져 가는 커다란 맨션이 있었는데 창문들은 깨져있고 주위의 잡초도 마지의 키만큼 무성하게 자라있었다. 맨션의 울타리는 망가져 쉽게 넘어갈 수 있었지만 딱히 그쪽으로 가고 싶은 생각은 들지 않았다.

"세상에나. 얼른 광장으로 가야겠다."

그녀는 사람들이 있을 마을로 되돌아가기 위해 뒤를 돌았다.

그런데 마지는 놀라지 않을 수 없었다. 그곳엔 마지가 왔을 때는 보지 못했던 어떤 어두운 무리가 이동 중이었기 때문이다. 그들은 미끄러지듯 이동했는데 딱 봐도 사람은 아니었다. 그 무리 중 하나는 가던 길을 멈추고 마지와 눈을 마주쳤다. 그것의 피부는 마치 나무처럼 어둡고 푸석하며 눈은 어두운 밤에 보이는 맹수의 눈처럼 노랗게 빛나고 있었다.

'게르!'

마지는 용만과 진경이 해준 이야기가 갑자기 머리에

번뜩 떠올랐다.

마지는 얼른 정신을 붙잡고 눈을 아래로 내리깔았다. 그리곤 죽은 듯 있었다. 이동하고 있는 다른 옷자락들과는 달리 그것은 이동하지 않고 멈춰 서서 마지가 서있는 방향 으로 몸을 돌렸다. 그것은 마지를 응시하는 것 같았다. 마치 몇 초가 몇 분이나 되는 듯 긴장감이 흘렀다.

시간이 지나자 그것은 다시 무리와 이동했다.

마지는 그것들이 다 가도 한동안은 움직일 수 없었다. 그리고 마을로 가다가 그들과 다시 마주칠까 그쪽으로 이동할 수도 없었다.

'어쩌지….'

하는 수없이 마지는 조금 기다리기로 했다.

꽤 오래 바닥을 보며 가만히 서있는데 바람도 불어 추운 느낌이 들었다.

"쏴아-"

그러다 바람에 좋은 냄새가 실려 왔다.

'쿵쿵. 어디서 맡아본 적 있는 냄새야.'

마지는 그 냄새가 신경 쓰였다. 주변에 아무도 없는 걸

확인하고 냄새를 따라 맨션 쪽으로 향했다. 다 쓰러진 울타리를 건너 무성하게 핀 잡초들을 지나느라 여기저기 긁히고 옷과 가방엔 갈고리 식물이 붙어 엉망진창이 되었다.

마지가 도착한 곳엔 막 자란 초록색 허브가 있었다. 그냥 봐서는 주변의 풀과 크게 다를 게 없었다. '여기서 나는 냄새였어.'

"드디어 마지막 재료를 찾았구나."

뒤를 돌아보니 야고가 언제 나타났는지도 모르게 있었다.

"야고!" 마지는 반가운 이름을 불렀다.

"그걸 가져가렴. 넌 다시 괜찮아질 거야."

그들은 재료를 챙기고 그곳에서 나갔다.

+++

마지는 야고와 함께 마을로 되돌아갔다. 어느덧 마지가 걸린 지독한 저주는 풀린듯했다.

"이봐! 이쪽으로 차를 빼!" 트럭들이 줄을 지어 마을을 빠져나가고 있었다. 마을엔 안개가 걷히고 다시 외부와

연결이 돼 북적북적 시끄러웠다.

　어두운 숲의 것들이 이동하느라 소란이 있었던 마을은 약간의 복구가 필요해 보였다. 용이 이동하면서 무너져 버린 마을 입구 문, 바람에 날린 여러 잔재들, 무언가 불에 탔던 듯 피어나는 연기, 탄 냄새, 삐- 소리를 내며 공사 중인 차, 시멘트 냄새, 삐용거리며 지나가는 구급차. 마지는 그런 것들을 보며 이동했다.

　"어이 잠시만!" 마지는 소리가 난 곳을 보았다. 그곳엔 여러 구급차들과 바쁘게 움직이는 소방관들이 있었다. 들것에 누워있거나 앉아있는 부상자들 중 한 명이 마지를 불렀다. 그들은 탑에서 도망가다가 다치거나 용과 싸우다 부상을 입었다. 마지는 그들에게 다가갔다.

　"휴…." 그는 다쳐서 딱지가 진 손으로 어깨까지 오는 머리카락에 반쯤 가려진 얼굴을 마른세수하고 있었다.

　크게 부상을 당한 몸 이곳저곳엔 깁스가 싸매져 있었다.

　"저요?"

　"고맙단 말을 하려고. 너네 덕분에 그곳이 무너지기 전에 간발의 차이로 나올 수 있었어. 비록 그 용에 맞서느라 이 꼴이 되었지만."

그는 고개를 떨구며 무언갈 생각하는 듯했다.

"아직도 그것에 미련이 남은 자들은 자신들이 난 이곳을 원망하고 다른 데로 가버렸어."

"당신은 괜찮으세요?"

"난 완전히 졌지…. 그래도 어떻게든 살았잖아?

하지만 그들은… 그대로 두었다간 다신 일어나지 못할 거야."

그들은 조용히 침묵했다.

"저기 봐! 사라진 사람들이 나타났어!"

누군가 외치는 소리에 사람들은 일제히 그쪽을 쳐다봤고 마지가 마을에 와서 처음 봤던 분수대 쪽엔 사라졌던 사람들이 다시 나타났다.

그들은 어찌 된 영문인지 모를 표정들이었다.

"세상에. 진태야."

한 부부는 자신들의 아이를 보고 그에게 다가가 꼭 껴안았다.

"엄마 아빠 왜 이래. 이거 봐."

아이는 곧 친구들을 만나러 가야 한다고 부모 품에서 벗어났고 부모는 안도했다.

분수대에서 물이 솟아나고 있었고 구름 낀 하늘에서도 빛이 한 줄기 쏟아지고 있었다.

　마지는 광장 한복판에 있는 건물들 사이로 익숙한 한 건물을 보았다. 그건 마지가 처음에 까마귀를 따라 들어갔던 곳이랑 같은 느낌이었다.

　"저건?"

　"그래. 저기로 가면 너가 있던 현실로 돌아갈 수 있을 거야."

　마지는 야고와의 마지막을 감지했다.

　"잘 있어. 야고."

　야고는 살짝 고개를 끄덕이고 곁에 나타난 루루와 걸어갔다. 마지는 마지막으로 주변을 둘러보았다. 시끌벅적한 마을 속 아침에 교회 앞에서 봤던 할머니는 어린 손녀를 혼내고 있었다. 옆을 보니 이선은 아르바이트를 하러 가는 것 같았다. 광장은 매우 혼잡해 그가 사람들과 부딪치면서 주머니에 있던 가면이 밖으로 빠져나왔다.

　'덜커덕' 그것은 사람들 발에 요리조리 치였다.

　그때 어떤 여자가 그 가면을 줍고 이선을 불렀다.

　"잠깐만, 너 이거 떨어트렸어."

이선은 소리가 난 곳을 돌아보았고 여자는 그 가면이 익숙한 듯 그것을 물끄러미 쳐다보고 있었다.

 마지는 축복이 있을 그곳을 바라보고 건물 안으로 들어갔다.